CW01622343

Anna Zwolińska-Simon, Malwina Miszewska

Edition I 2022

Anna Zwolińska-Simon, Malwina Miszewska

Learn German with stories

A1 + A2

Contents

About the author

As a Pole, I had to learn German from scratch myself – I came to Germany when I was 25, and I know just how frustrating learning German can be sometimes.

It is my mission to teach you this language in a fun and easy way. Ever since studying German, I have been looking for methods and techniques to teach the German language as simply as possible. My book '*Deutsche Grammatik einfach erklärt*' has become a bestseller.

Since 2016, I have been running the popular blog www.deutsch-mit-anna.de. There, I share with my readers a range of free learning materials as well as clever tips on how to learn German successfully.

I have lived in Germany for 10 years – currently I'm based in beautiful Bavaria. I am absolutely convinced that good knowledge of German is the key to personal and professional success. Maybe Germany will soon be your new home? If so, benefit from my experience; learn German the fun way and feel at home in the country!

Many talented people worked on this book. It would not have happened without the writing skills of Malwina Miszewska, who has been supporting the Deutsch mit Anna team for several years. Malwina has studied German, and has lived and worked in Germany for 9 years, so she is no stranger to the struggle of the German language. Besides supporting our team, Malwina is a bilingual copywriter and translator.

I'm looking forward to meeting you!
Kind regards from Garmisch-Partenkirchen
Anna

If you would like to network with other German learners and learn some real-life German, please check out my Instagram account. Just scan the QR code and follow me:

Or search for:
@deutschakademie_by_anna

DEUTSCHAKADEMIE_BY_ANNA

PS. Have you heard about our online shop?

Scan the QR code and find more books and courses to take your German to the next level!

Or click here:

deutsch-mit-anna.de/goto/shop

Reading in German? As a beginner?

With this book, it really is possible!

Reading in a foreign language is one of the **most effective ways** to learn vocabulary (and grammar along the way). But what can you read as a beginner?

I wrote this book to make it easier for you to start reading in German.

With this book you will...

... read **simple and interesting stories** as you accompany Anna, who is visiting her friend in Germany

... learn **exciting facts** about Germany, German culture, and the German language – the text in the info-boxes is written in **English**

... learn **more effectively** and **accelerate understanding** thanks to the beautiful **illustrations that accompany every chapter of the story**, allowing you to better visualize the topics

BONUS:
Audiobook

Scan the QR code and download the accompanying audio file that goes with the story. You can download all the chapters as one file or individually:

Or click here:
deutsch-mit-anna.de/download-story-audio

The most effective way to use this book

6 steps:

Step 1 Look at the illustration and consider what the chapter is about.

Step 2 Read and listen to the story at the same time. Concentrate on the words you already understand.

Step 3 Skim the text again and try to guess what the words in bold mean. Maybe there's a word that is similar to one in English? Maybe you've already learned a German word that's related to it?

Step 4 Look at the vocabulary list and the translations that come at the end of each chapter. This dictionary is divided into two parts: the first part only shows the A1/A2 level words while the second part includes a few additional words you might find useful.

Step 5 Write down the words you want to learn that day – five words per day is ideal.

Step 6 To both consolidate your new knowledge and improve your pronunciation and listening comprehension, listen to each chapter several times – the more the better! Download the audio files and listen to them as you go.

Vocabulary lists

How they work:

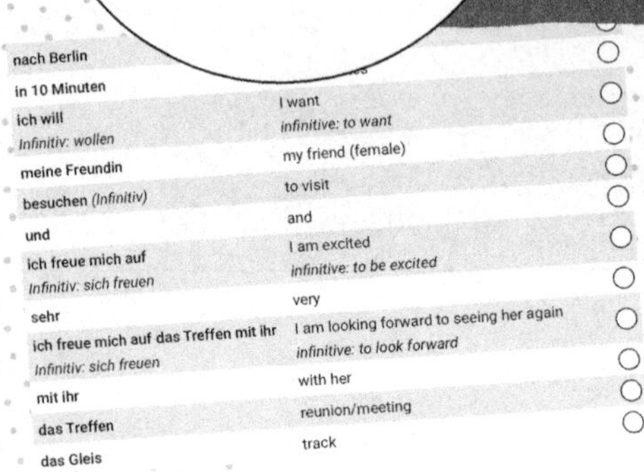

nach Berlin	
in 10 Minuten	
ich will *Infinitiv: wollen*	I want *infinitive: to want*
meine Freundin	my friend (female)
besuchen *(Infinitiv)*	to visit
und	and
ich freue mich auf *Infinitiv: sich freuen*	I am excited *infinitive: to be excited*
sehr	very
ich freue mich auf das Treffen mit ihr *Infinitiv: sich freuen*	I am looking forward to seeing her again *infinitive: to look forward*
mit ihr	with her
das Treffen	reunion/meeting
das Gleis	track

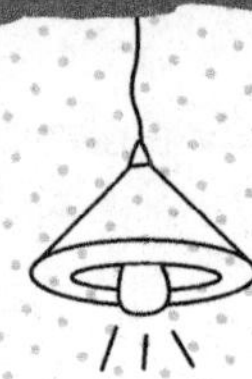

- In each text, the words in bold are A1/A2 vocabulary.
- 99% of the vocabulary at A1/A2 level can be found in the 13 chapters. The remaining 1% of the words can be found in the vocabulary lists only.
- You will find many words in complete sentences because we want to encourage you to learn vocabulary as effectively as possible; namely, with context. For example, instead of the word 'come', you will more easily remember: 'When are you coming?'. Moreover, you will instantly learn how to use the word. This is exactly why reading is an excellent way to learn vocabulary!

You probably know words in your language that have several meanings, and it's similar in German. It's very tempting to learn them all at once, but that's not really the best idea. In each vocabulary list, you will find the meanings that appear in the text.

All verbs are written in the form in which they appear in the text. Below each verb you'll find the infinitive. The infinitive is the basic form that is always found in dictionaries. Some verbs only appear in their infinitive form which is indicated in brackets after the word.

All nouns are given in the singular. You'll only find the plural form for the nouns that our team considers the most important. Remember: If you think a noun is important and you want to remember it, you should learn it together with its article and plural form.

Please note that we are using US English in this book.

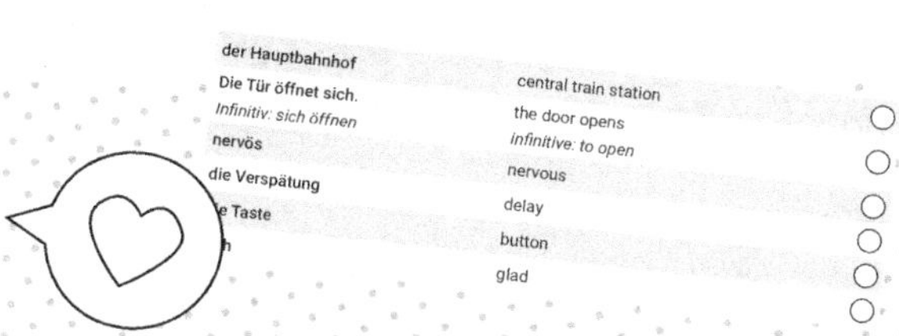

CHAPTER 1

Anna kommt in Berlin an

Berlin Station

Berlin Central Station is the largest and most modern railway station in Europe. The building was designed by a famous architect. The fully glazed façade perfectly matches the feel of Berlin – it reflects the city's cosmopolitan nature and connects the whole of Europe.

Scan the QR code and listen to the story. You'll find a link to all the audio files at the beginning of the book.

Hi, **ich bin** Anna! Ich **sitze gerade in einem Zug nach** Berlin. **In** 10 Minuten erreichen wir den Hauptbahnhof. Ich **will meine** Freundin Maria **besuchen und freue mich sehr auf** das Treffen **mit ihr**.

Der Zug fährt auf **Gleis** 6 ein. Die Tür öffnet sich. Ich **nehme** meinen **Koffer** und **steige aus** dem Zug **aus**. Ich bin **ein bisschen** nervös. Ich war schon zweimal in Deutschland, aber Berlin **kenne** ich **noch nicht**. Ich **kann auch** nicht so **gut Deutsch sprechen**. **Meine Freundin** Maria **holt** mich zum **Glück** vom **Bahnhof ab**.

Ich **kaufe Pommes frites**, setze mich auf eine **Bank** und **warte**. Ich schaue auf **die Uhr**. Maria **hat** schon 10 Minuten Verspätung. **Warum** ist **sie** noch nicht **da**? Sie ist **immer pünktlich**. **Langsam werde** ich ungeduldig. Ich **rufe** Maria **an**. Ich **drücke** eine Taste. **„Hallo** Maria, **wann kommst du** denn?", **frage** ich. „Hi Anna! Ich habe ein **Problem** mit meinem **Auto**. **Es** will **leider** nicht anspringen. Ich rufe aber ein **Taxi**. **Wir sehen** uns **gleich**!", **antwortet** Maria. Jetzt bin ich beruhigt. Ich bin wirklich froh, dass ich nicht **allein** mit dem **Bus oder** mit der U-Bahn **fahren muss**. So ein Glück!

„Achtung! Der Zug aus Leipzig fährt ein!", höre ich eine **männliche** Stimme. Ich beobachte die Züge, die **ankommen** und **abfahren**. Ich schaue mir **die Leute** an, die gerade in den Zug nach München **einsteigen**. Ich bin **müde**. Die Fahrt **dauerte** 6 **Stunden**. Ich **möchte jetzt** etwas **essen** und mit meiner Freundin einen **Kaffee trinken**.

Endlich ist sie da! Ich sehe Maria in einem Taxi. Das Auto hält vor dem **Eingang** zum Bahnhof an. Maria **bezahlt** den **Fahrer** und steigt aus dem Auto aus. Ich **stehe auf** und **laufe** mit meinem **Gepäck** zum Eingang. Maria und ich fallen uns in die **Arme**. Wir haben uns 8 Monate lang nicht gesehen. **„Herzlich willkommen, liebe** Anna!", ruft Maria. Jetzt können wir wieder etwas **Zeit zusammen** verbringen. Maria hat vorgeschlagen, mit der **S-Bahn** nach Hause zu fahren. Ich finde die Idee gut. Wir **gehen** zusammen zu der **nächsten** S-Bahn-Haltestelle.

Vocabulary

A1/A2 Vokabeln	A1/A2 Vocabulary	LEARNED?
ich	I	✓
ich bin *Infinitiv: sein*	I am *infinitive: to be*	
gerade	currently/right now	
ich sitze in einem Zug *Infinitiv: sitzen*	I am sitting *infinitive: to sit*	
der Zug	train	
nach Berlin	to Berlin	
in 10 Minuten	in 10 minutes	
ich will *Infinitiv: wollen*	I want *infinitive: to want*	
meine Freundin	my friend *(female)*	
besuchen *(Infinitiv)*	to visit	
und	and	
ich freue mich auf *Infinitiv: sich freuen*	I am excited *infinitive: to be excited*	
sehr	very	
ich freue mich auf das Treffen mit ihr *Infinitiv: sich freuen*	I am looking forward to seeing her again *infinitive: to look forward*	
mit ihr	with her	
das Treffen	reunion/meeting	
das Gleis	track	
ich nehme *Infinitiv: nehmen*	I take *infinitive: to take*	
der Koffer	suitcase	
ich steige aus dem Zug aus *Infinitiv: aussteigen*	I get off the train *infinitive: to get off (disembark)*	
aus	from	
ein bisschen	a little	

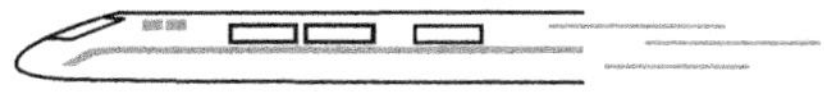

ich kenne Berlin noch nicht *Infinitiv: kennen*	I'm not familiar with Berlin yet *infinitive: to know (be familiar with)*
noch	yet
nicht	not
ich kann *Infinitiv: können*	I can
auch	also
gut	good
Deutsch sprechen *(Infinitiv)*	to speak German
Maria holt mich ab *Infinitiv: abholen*	Maria picks me up *infinitive: to pick up*
zum Glück	luckily
der Bahnhof	train station
ich kaufe *Infinitiv: kaufen*	I buy *infinitive: to buy*
die Pommes frites *(Pl.)*	French fries
ich setze mich auf die Bank *Infinitiv: sich setzen*	I sit down on the bench *infinitive: to sit (down)*
die Bank	bench
ich warte *Infinitiv: warten*	I wait *infinitive: to wait*
ich schaue auf die Uhr *Infinitiv: schauen*	I look at the clock *infinitive: to look*
die Uhr	clock
Maria hat *Infinitiv: haben*	Maria has *infinitive: to have*
warum	why
sie *(3. Person Singular)*	she *(3rd person singular)*
sie ist nicht da *Infinitiv: sein*	she is not here *infinitive: to be*

immer	always
pünktlich	punctual
langsam	slow/slowly
ich werde ungeduldig *Infinitiv: werden*	I become impatient *infinitive: to become*
ich rufe Maria an *Infinitiv: anrufen*	I call Maria *infinitive: to call*
ich drücke *Infinitiv: drücken*	I press *infinitive: to press*
hallo	hello
wann kommst du? *Infinitiv: kommen*	When are you coming? *infinitive: to come*
du	you *(familiar form)*
ich frage *Infinitiv: fragen*	I ask *infinitive: to ask*
ich habe ein Problem *Infinitiv: haben*	I have a problem *infinitive: to have*
das Problem	problem
das Auto	car
es	it
leider	sadly/unfortunately
das Taxi	taxi
wir	we
wir sehen uns gleich *Infinitiv: sehen*	we will see each other soon *infinitive: to see*
gleich	soon
Maria antwortet *Infinitiv: antworten*	Maria answers *infinitive: to answer*
allein	alone
der Bus	bus
oder	or

fahren *(Infinitiv)*	to drive/to travel/to ride
ich muss *Infinitiv: müssen*	I must
Achtung	Attention!
männlich	male
ankommen *(Infinitiv)*	to arrive
abfahren *(Infinitiv)*	to depart (drive off)
die Leute *(Pl.)*	people
in den Zug einsteigen *(Infinitiv)*	to get on the train *infinitive: to get on (to board)*
müde	tired
die Fahrt dauerte *Infinitiv: dauern*	the journey lasted *infinitive: to last (take time)*
die Stunde *Plural: die Stunden*	hour
ich möchte *Infinitiv: möchten*	I would like
jetzt	now
essen *(Infinitiv)*	to eat
einen Kaffee trinken	to drink a coffee
der Kaffee	coffee
der Eingang	entrance
Maria bezahlt *Infinitiv: bezahlen*	Maria pays *infinitive: to pay*
der Fahrer	driver
ich stehe auf *Infinitiv: aufstehen*	I stand up *infinitive: to stand (up)*
ich laufe *Infinitiv: laufen*	I run *infinitive: to run*
das Gepäck	luggage

in die Arme fallen	to fall into one another's arms (hug/embrace)	○
Herzlich willkommen!	Welcome!	○
liebe Anna	darling Anna	○
die Zeit	time	○
zusammen	together	○
die S-Bahn / Straßenbahn	city train	○
wir gehen *Infinitiv: gehen*	we go *infinitive: to go (walking)*	○
zu der nächsten S-Bahn-Haltestelle	to the next city train stop	○
die Haltestelle	stop (bus and train)	○

Diese Vokabeln sind auch wichtig

This vocabulary is also important

der Hauptbahnhof	central train station	○
Die Tür öffnet sich. *Infinitiv: sich öffnen*	the door opens *infinitive: to open*	○
nervös	nervous	○
die Verspätung	delay	○
die Taste	button	○
froh	glad	○
die U-Bahn	subway	○
endlich	finally	○
der Monat *Plural: die Monate*	month	○
wieder	again	○
wir fahren nach Hause	we go (drive/travel) home	○
ich finde die Idee gut	I think it's a good idea	○
finden *(Infinitiv)*	to find	○

CHAPTER 2

Bei Maria zu Hause

How do Germans live?

Most Germans live in apartment buildings or blocks of flats. On average, a German lives in 44.6 m² (480 ft²) of space. In Munich, you'd have to pay around €970 for this. Only 46 % of the population owns a house or a flat. Housing costs amount to about 25 – 30 % of an individual's income. One in six Germans live alone.

Scan the QR code and listen to the story. You'll find a link to all the audio files at the beginning of the book.

Maria **wohnt** in der Nähe des **Flughafens**. Ihr **Haus** ist sehr **groß** und hat einen **schönen Garten**. Vor dem Haus wachsen viele **Blumen** und ein riesiger **Baum**. Maria macht die **breite** Tür auf und wir gehen in das Haus hinein. Wir **ziehen unsere Schuhe aus** und hängen unsere **Jacken** an die Garderobe. Ich **stelle** meinen Koffer neben den Schuhschrank. „Mein **Zimmer** ist **oben**. Du kannst in dem Gästezimmer neben mir **übernachten**“, **sagt** Maria. „Toll, **danke**!“, antworte ich.

Wir gehen **die Treppe** hinauf. Das Gästezimmer ist **rechts**. Nebenan sind Marias Zimmer und **das Bad**. Im ersten **Stock** gibt es noch zwei weitere **Räume**. Das sind die Zimmer von Marias **Geschwistern**. „**Unten** ist **die Küche**, das zweite Badezimmer und das Schlafzimmer von meinen **Eltern**“, sagt Maria. „Und **wo** ist mein Zimmer?“, frage ich.

Maria zeigt mir das Zimmer. **Es** ist **hell** und sehr gemütlich. **Links stehen** ein großes **Bett**, ein runder **Tisch** und zwei Stühle. Auf dem Tisch steht eine gelbe Lampe und ein **Computer**. **Unter** dem Tisch steht ein Drucker. Rechts sehe ich ein graues **Sofa** und **daneben** einen **Schrank** und ein Regal mit **Büchern**. Alle **Möbel** sind weiß und modern. Auf dem Fußboden **liegt** ein grüner Teppich. Neben der Tür sehe ich einen **kleinen** Spiegel. An der Wand hängen **Bilder** von Maria und von ihrer **Familie**. Das Zimmer hat sogar einen kleinen **Balkon**. Es **gefällt** mir sehr gut.

„Du hast bestimmt **Hunger**, oder?“, fragt Maria. „Ja! Ich bin sehr hungrig“, antworte ich. „Gleich gibt es Mittagessen. Meine **Mutter kocht** sehr **gern**. Sie hat **heute** ein **Hähnchen** gebraten. Dazu gibt es **Kartoffeln** und einen **Salat**. Eine Tomatensuppe steht auch schon auf dem **Herd**. Und danach essen wir ihren leckeren **Kuchen**“, **erzählt** Maria. „Das klingt gut! Ich **dusche**, ziehe mich um und möchte **dann** gerne deine Familie **kennenlernen**“, antworte ich. „In **Ordnung**!“, sagt Maria.

Maria geht in ihr Zimmer. Ich habe jetzt etwas Zeit **für** mich. Ich muss mich auf das Mittagessen mit Marias Familie vorbereiten. Ich nehme aber zuerst noch mein **Handy** und **schreibe** meiner Mutter, dass ich gut angekommen bin.

Vocabulary

LEARNED?

A1/A2 Vokabeln	A1/A2 Vocabulary
Maria wohnt *Infinitiv: wohnen*	Maria lives *infinitive: to live*
der Flughafen	airport
das Haus	house
groß	large
schön	beautiful
der Garten	garden
die Blume *Plural: die Blumen*	flower
der Baum	tree
breit	wide
wir ziehen unsere Schuhe aus *Infinitiv: ausziehen*	we take off our shoes *infinitive: to take off (remove)*
der Schuh *Plural: die Schuhe*	shoe
die Jacke	jacket
ich stelle *Infinitiv: stellen*	I place *infinitive: to place*
das Zimmer	room
oben	upstairs
übernachten *(Infinitiv)*	to stay overnight
Maria sagt *Infinitiv: sagen*	Maria says *infinitive: to say*
danke	thank you
die Treppe	stairs
rechts	right
das Bad	bathroom
im ersten Stock	on the first floor
der Stock	floor/storey

der Raum *Plural: die Räume*	room
die Geschwister *(Pl.)*	siblings
unten	downstairs
die Küche	kitchen
die Eltern *(Pl.)*	parents
wo	where
es ist hell *Infinitiv: sein*	it is bright *infinite: to be*
links	left
sie stehen *Infinitiv: stehen*	they stand *infinitive: to stand*
das Bett	bed
der Tisch	table
der Computer	computer
unter	under
das Sofa	sofa
daneben	next to
der Schrank	closet
das Buch *Plural: die Bücher*	book
die Möbel *(Pl.)*	furniture
auf dem Boden liegt ein Teppich	there is a rug on the floor
liegen *(Infinitiv)*	to lie/to be located
klein	small
das Bild *Plural: die Bilder*	picture
die Familie	family
der Balkon	balcony

es gefällt mir *Infinitiv: gefallen*	I like it *infinitive: to like*
der Hunger	hunger
Hunger haben	to be hungry
Meine Mutter kocht gern	My mother loves cooking
gern	with pleasure
kochen *(Infinitiv)*	to cook
heute	today
das Hähnchen	chicken
die Kartoffel *Plural: die Kartoffeln*	potato
der Salat	salad
der Herd	stove
der Kuchen	cake
Maria erzählt *Infinitiv: erzählen*	Maria tells *infinitive: to tell*
ich dusche *Infinitiv: duschen*	I shower *infinitive: to shower*
dann	then
kennenlernen *(nfinitiv)*	to get to know
In Ordnung!	That's fine!
für mich	for me
das Handy	cell phone
ich schreibe *Infinitiv: schreiben*	I write *infinitive: to write*

Diese Vokabeln sind auch wichtig

This vocabulary is also important

in der Nähe	nearby	○
Maria macht die Tür auf. *Infinitiv: aufmachen*	Maria opens the door. *infinitive: to open*	○
die Bilder hängen *Infinitiv: hängen*	the pictures hang *infinitive: to hang*	○
neben	next to	○
toll	great	○
das Schlafzimmer	bedroom	○
gemütlich	comfortable	○
der Stuhl	chair	○
die Lampe	lamp	○
das Regal	shelf	○
der Teppich	rug	○
der Spiegel	mirror	○
das Mittagessen	lunch	○
Das klingt gut. *Infinitiv: klingen*	That sounds good. *infinitive: to sound*	○

CHAPTER 3

Anna stellt sich vor

How do you greet people in Germany?

The most common greeting is 'Guten Tag', which means 'Good Morning' and 'Hallo', which means 'Hi' or 'Hello'. Germany is a large country and different forms of greeting and farewell are used depending on the region:

→ **"Tach"** (northern Germany and North Rhine-Westphalia)
→ **"Guude"** (northern Rhineland-Palatinate, Hesse and Rhine-Hesse)
→ **"Moin"** is used all day in the north
→ In southern Germany, you will hear **"Grüß Gott"** or **"Servus"**

Scan the QR code and listen to the story. You'll find a link to all the audio files at the beginning of the book.

Jemand klopft **leise** an die Tür. „Bist du bereit?", höre ich eine **weibliche** Stimme. Das ist Maria. **„Ja**, wir können gerne nach unten gehen", antworte ich. In der Küche sitzt schon die ganze Familie **am** Tisch. „Guten Tag! Ich bin Anna", sage ich. „Hallo Anna! Schön, **dich** kennenzulernen!", sagt Marias Mutter und lächelt freundlich. Die Familie von Maria ist sehr sympathisch.

„Setz dich **bitte**, **das Essen** ist schon **fertig**", sagt Marias **Vater**. „Ich möchte **dir alle vorstellen: Das** ist unser **Sohn** Marco. Meine Ehefrau **heißt** Sybille und ich bin Nico. Und unsere **Tochter** Maria kennst du schon." „Freut mich, euch kennenzulernen", antworte ich.

„Kannst du etwas mehr **über** dich selbst erzählen?", fragt Marias **Schwester**. „Ja, gerne", antworte ich.
„Woher kommst du, Anna?"
„Ich komme aus Polen. Ich wohne in Warschau. Da haben Maria und ich uns kennengelernt."
„Wie alt bist du? Bist du in Marias **Alter**?"
„Ja, ich bin 27 Jahre alt. Ich bin **am** 8. Juni 1995 **geboren**."
„Und **was** machst du in Warschau?"
„Ich bin Studentin. Ich **studiere** Marketing. Danach will ich einen **Job suchen**. Ich wohne noch bei meinen Eltern in Warschau, aber ich möchte **bald** eine kleine **Wohnung mieten**. Mein **Freund** und ich wollen zusammen wohnen. **Leider** sind die Wohnungen in Warschau sehr **teuer**."
„Ich bin mir sicher, dass du schnell einen guten **Arbeitsplatz finden** wirst. Und was **macht dein Partner** beruflich? Ist **er** auch **Student**?"
„Nein, er ist Bankkaufmann von **Beruf** und **arbeitet bei** einer großen **Bank** in Warschau."
„Das klingt gut. Und hast du Geschwister?"
„Nein, ich habe **keine** Geschwister. Ich bin Einzelkind."
„Und wie war deine Reise? Bist du gut angekommen?"

„Ja, danke. Die Fahrt war **lang** und etwas anstrengend, aber ich **reise lieber** mit dem Zug als mit dem **Flugzeug**. Und ich bin **glücklich**, dass ich **hier** bin. Vielen **Dank** für **eure Einladung**!"
„Und wir freuen uns, dass du unser **Gast** bist. Na gut. Wollen wir endlich etwas essen? Ansonsten wird alles kalt. Wer möchte Kartoffeln und wer nimmt **Reis**?", fragt Marias **Bruder**.
„Guten **Appetit**!"
„Danke, gleichfalls!"

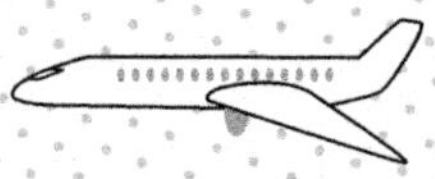

LEARNED?

A1/A2 Vokabeln	A1/A2 Vocabulary	
leise	quiet	✓
weiblich	female	
ja	yes	
am (an dem) Tisch	at the table	
schön, dich kennenzulernen *Infinitiv: kennenlernen*	nice to meet you *infinitive: to meet*	
bitte	please	
das Essen	food	
das Essen ist fertig *Infinitiv: sein*	the food is ready *infinitive: to be*	
der Vater	father	
dir	you	
alle	all	
vorstellen *(Infinitiv)*	to introduce	
das ist ... *Infinitiv: sein*	this is... *infinitive: to be*	
der Sohn	son	
sie heißt *Infinitiv: heißen*	her name is *infinitive: to be called*	
die Tochter	daughter	
über dich selbst	about yourself	
die Schwester	sister	
woher	from where	
Woher kommst du? *Infinitiv: kommen*	Where do you come from? *Infinitive: to come*	
wie	how	
alt	old	
das Alter	age	
am (an dem) 8. Juni	on the 8th of June	
geboren	born	

was	geboren
ich studiere *Infinitiv: studieren*	I study *infinitive: to study*
der Job	job
suchen *(Infinitiv)*	to search
bald	soon
die Wohnung	apartment
mieten *(Infinitiv)*	to rent
der Freund / die Freundin	boyfriend/girlfriend
leider	sadly/unfortunately
teuer	expensive
einen Arbeitsplatz finden *(Infinitiv)*	to find a job *infinitive: to find*
der Arbeitsplatz	job/place of work
Was macht dein Partner? *Infinitiv: machen*	What does your partner do? *infinitive: to do*
dein	your
der Partner	partner
er	he
der Student *Plural: die Studenten*	student
nein	no
der Beruf	career/profession/occupation
er arbeitet *Infinitiv: arbeiten*	he works *infinitive: to work*
bei der Bank *Nominativ: die Bank*	at the bank
kein	no/none
lang	long
ich reise *Infinitiv: reisen*	I travel *infinitive: to travel*
Ich reise lieber mit dem Zug	I prefer to travel by train

das Flugzeug	airplane
glücklich	happy/lucky
hier	here
vielen Dank für	thank you for
euer	your *(plural)*
die Einladung	invitation
der Gast	guest
der Reis	rice
der Bruder	brother
der Appetit	appetite

Diese Vokabeln sind auch wichtig

This vocabulary is also important

bereit	ready
sympathisch	nice/likeable
Freut mich, euch kennenzulernen. *Infinitiv: sich freuen*	I'm pleased to meet you all *infinitive: to be pleased*
Wie alt bist du? *Infinitiv: sein*	How old are you? *infinitive: to be*
Ich bin 27 Jahre alt. *Infinitiv: sein*	I am 27 years old *infinitive: to be*
anstrengend	tiring
Guten Appetit!	Enjoy your meal!
danke, gleichfalls	thanks, you too

CHAPTER 4

Marias Familie

How many foreigners live in Germany?

12.7 % of the population are foreigners, i.e., those without German citizenship, who have made Germany their home. The largest group are Turks (12.4 %), in second place are Syrians (7.4 %) and in third place are Poles (7.3 %). This corresponds to a total number of 10,585,053 people.

Scan the QR code and listen to the story. You'll find a link to all the audio files at the beginning of the book.

Ich **mag** die Familie von Maria. Alle sind so nett und **lustig**. „Marco, **bringst** du uns bitte den **Saft** aus dem **Kühlschrank**?“, fragt der Vater von Maria. Marco steht auf und **holt** den Saft. Er stellt **die Gläser** und **die Flasche** auf den Tisch. „Wer hat **Durst**?“, fragt er. Ich **bitte** ihn um **das Getränk**. Ich bin durstig.

„**Ihr** kommt aus Spanien, stimmt das?“, frage ich.
„Ja“, antwortet die Mutter von Maria. „Wir **sind vor** 7 Jahren aus Spanien **umgezogen**. **Dort** haben wir auf einem **Dorf** gewohnt. Berlin war **also** für uns am **Anfang oft** viel zu groß“, **lacht** sie. „Unsere **Kinder** waren noch klein. Maria besuchte noch **die Schule** und Marco war im **Kindergarten**. Mein **Ehemann** war **arbeitslos** und **hat** ein **Angebot bekommen**, in Deutschland zu arbeiten. Sechs Monate **später** waren wir schon in Deutschland. Wir **haben** zwei Tage vor meinem **Geburtstag geheiratet** und haben dann **dieses** Haus gekauft.

Eine **Firma** hat unsere Möbel mit einem großen **Lkw** transportiert. Die deutsche **Sprache** ist nicht **leicht, aber** wir haben sie **schnell** gelernt. Manchmal vermissen wir noch unsere **Heimat**, aber wir fühlen uns wohl in diesem **Land**. Wir mögen unser **Leben** in Deutschland. Mein Mann ist **Arzt** und hat eine eigene **Praxis** im Stadtzentrum. In Spanien habe ich als **Lehrerin** gearbeitet. Jetzt bin ich **Hausfrau** und **kümmere mich** um das Haus“, erzählt sie **weiter**.

„Im **Ausland** wohnen noch unsere **Großmutter** und unser **Großvater**“ sagt Maria. „Wir fahren **jedes** Jahr nach Spanien in den **Urlaub**. Wir besuchen dann immer unsere **Großeltern**. In Deutschland haben wir nicht so **viele Verwandte**. Schade, ich möchte unsere **Oma** und unseren **Opa** öfter sehen.“

„So, wer möchte nach dem Mittagessen abwaschen?", lacht die Mutter von Maria.
„Maria, Anna, ich habe eine **Bitte** an euch. Ich muss heute noch **einkaufen** fahren. Könnt ihr mir **helfen**? Wir fahren zu einem kleinen **Geschäft** nicht **weit** weg von hier.
„Warum nicht?", antworten wir.
„Super, ich **danke** euch", freut sich Marias Mutter.
„Marco, **machst** du **mit**?"
„Nein, ich muss **Hausaufgaben** machen und für einen **Test** lernen", sagt Marias Bruder.

A1/A2 Vokabeln	**A1/A2 Vocabulary**	LEARNED?
ich mag *Infinitiv: mögen*	I like *infinitive: to like*	✓
lustig	funny	
Bringst du uns ...? *Infinitiv: bringen*	Can you bring us...? *infinitive: to bring*	
der Saft	juice	
der Kühlschrank	refrigerator	
Marco holt *Infinitiv: holen*	Marco brings *infinitive: to bring*	
das Glas *Plural: die Gläser*	glass	
die Flasche	bottle	
Ich habe Durst	I am thirsty	
der Durst	thirst	
ich bitte *Infinitiv: bitten*	I ask for *infinitive: to ask for (request)*	
das Getränk *Plural: die Getränke*	drink	
ihr	you *(plural)*	
vor 7 Jahren	7 years ago	
wir sind umgezogen *Infinitiv: umziehen*	we moved house *infinitive: to move house*	
dort	there	
das Dorf	village	
also	so	
der Anfang	beginning	
oft	often	
sie lacht *Infinitiv: lachen*	she laughs *infinitive: to laugh*	
das Kind *Plural: die Kinder*	child	
die Schule	school	
der Kindergarten	kindergarten	

der Ehemann / die Ehefrau	husband/wife
arbeitslos	unemployed
das Angebot	offer
er hat bekommen *Infinitiv: bekommen*	he received *infinitive: to receive*
später	later
der Geburtstag	birthday
wir haben geheiratet *Infinitiv: heiraten*	we got married *infinitive: to marry*
dieses Haus	this house
die Firma	company
der Lkw	truck
die Sprache	language
die deutsche Sprache ist nicht leicht	the German language is not easy
aber	but
schnell	quick/quickly/fast
die Heimat	native country/homeland
das Land	country
das Leben	life
der Arzt / die Ärztin	doctor
die Praxis	practice
der Lehrer / die Lehrerin	teacher
die Hausfrau / der Hausmann	homemaker *(female/male)*
ich kümmere mich um *Infinitiv: sich um [etwas] kümmern*	I take care of *infinitive: to take care/to look after*
weiter	further
das Ausland	abroad
die Großmutter / die Oma	grandmother/granny
der Großvater / der Opa	grandfather/grandpa
jedes Jahr	every year
der Urlaub	vacation
die Großeltern *(Pl.)*	grandparents

viel	a lot
der Verwandte	relatives
die Bitte	request/favor
einkaufen (*Infinitiv*)	to shop
helfen (*Infinitiv*)	to help
das Geschäft	store
weit	far
ich danke euch	thank you (*plural*)
danken (*Infinitiv*)	to thank
Machst du mit? *Infinitiv: mitmachen*	Will you join us? *infinitive: to join in/to participate*
die Hausaufgabe	homework
der Test	test
das Ergebnis	result
das Thema	topic/subject
das Wort	word

Diese Vokabeln sind auch wichtig

This vocabulary is also important

nett	nice/friendly
Stimmt das?	Is that right?
viel zu groß	much too big
wir waren *Infinitiv: sein*	we were *infinitive: to be*
wir fühlen uns wohl *Infinitiv: sich fühlen*	we feel comfortable *infinitive: to feel*
schade	a shame/pity
öfter	more often

CHAPTER 5

Einkaufen mit Marias Mutter

In 2020, there were almost 16,000 discount supermarkets in Germany; these include Lidl, Aldi, Penny and Netto. Other supermarkets you'll find in Germany are Edeka, Rewe and Kaufland. According to the 2020 statistics, prices for food and non-alcoholic beverages in Germany are only 2.7 % higher than the average price in Europe making them quite affordable.

Scan the QR code and listen to the story. You'll find a link to all the audio files at the beginning of the book.

„Wir fahren in fünf Minuten los. Ich nehme **besser** noch ein Blatt **Papier** und einen **Bleistift** und mache eine Einkaufsliste", sagt Marias Mutter. „In Ordnung. Ich muss noch meine **Tasche mitnehmen**", antwortet Maria und holt ihre Tasche. „Wir fahren heute nicht über die **Autobahn**. Es gibt heute einen Stau", **erklärt** Marias Mutter.

Die Fahrt zum Supermarkt dauert fünf Minuten. Wir parken direkt vor dem Eingang. Maria holt einen Einkaufswagen. Marias Mutter nimmt eine Einkaufstasche mit. Die Tür geht **automatisch** auf. Wir gehen in den **Laden** hinein. Es ist **laut**. Es gibt viele **Kunden** darin.

„Was **brauchen** wir eigentlich?", fragt Maria. „Wir brauchen **Lebensmittel**", antwortet ihre Mutter. „Wir müssen **Obst** und **Gemüse** kaufen. Es **fehlen** uns auch **Tomaten**, **Äpfel** und **Bananen**. Ich nehme noch **Birnen**. **Sie** sind diese Woche im Angebot. Ich habe sie im **Prospekt** gesehen. Kannst du bitte **das Gewicht** prüfen?", fragt sie mich. „Na klar. **Wie viele** Birnen brauchen wir denn? Und was **kosten** sie?" – frage ich. „1 Kilogramm kostet 1,00 Euro. Wir nehmen 2 Kilogramm", sagt Maria. „Das ist **günstig**", antworte ich.

„Was haben wir noch auf der Einkaufsliste?", fragt Maria. „Ich brauche noch 10 **Eier**, 2 Päckchen **Butter**, frische **Milch**, **Öl** und einen **Fisch** für **morgen**", sagt Marias Mutter.
In dem Laden gibt es eine große Auswahl an **Fleisch** und Fisch. „Was kostet dieser Fisch?", fragt Marias Mutter. „Ich **weiß** es nicht. Hier steht kein **Preis**. Ich frage den **Verkäufer**", antwortet Maria. „**Entschuldigung**, ich habe eine **Frage**. Was kostet dieser Fisch?" „15,99 Euro", antwortet der Verkäufer. „Ich hätte gern zwei Stück", sagt Marias Mutter.

„Guck mal, in dieser Abteilung kann man Produkte aus unterschiedlichen Ländern kaufen. Wir nehmen Oliven aus Spanien. Sie sind nicht **billig**, aber sehr lecker", erklärt Maria und legt die Oliven in den Einkaufswagen hinein. „Oh, ich habe es fast vergessen – Papa wollte noch 4 Flaschen **Bier**." „**Da** gibt es Getränke", sagt Marias Mutter und bittet mich um **Hilfe**. Holst du noch einen Einkaufskorb? Unser Einkaufswagen ist schon voll."

Wir gehen an **die Kasse** und **legen** die Produkte auf das Kassenband. „Möchten Sie mit **Karte** oder **bar** bezahlen?", fragt die Kassiererin. „Mit Karte, bitte", antwortet Marias Mutter. Maria und ich packen die Produkte ein. Die Einkaufstaschen sind **schwer**. Marias Mutter bezahlt und wir gehen nach **draußen**. „Auf **Wiedersehen!**", sagt die Kassiererin. **„Tschüss!"**, antworten wir.

Wir legen die Einkäufe in den Kofferraum. „Na, was habt ihr morgen vor?", fragt Marias Mutter. „Ich will Anna Berlin zeigen", antwortet Maria.

A1/A2 Vokabeln	A1/A2 Vocabulary	LEARNED?
besser	better	✓
das Papier	paper	
der Bleistift	pencil	
die Tasche	bag	
mitnehmen (*Infinitiv*)	to take (with)	
die Autobahn	highway/interstate	
sie erklärt *Infinitiv: erklären*	she explains *infinitive: to explain*	
automatisch	automatically	
der Laden	store	
laut	loud	
der Kunde *Plural: die Kunden*	customer	
wir brauchen *Infinitiv: brauchen*	we need *infinitive: to need*	
die Lebensmittel *(Pl.)*	groceries	
das Obst	fruit	
das Gemüse	vegetables	
es fehlen uns auch Tomaten	we also need tomatoes	
fehlen *(Infinitiv)*	to lack/to be missing	
die Tomate *Plural: die Tomaten*	tomato	
der Apfel *Plural: die Äpfel*	apple	
die Banane *Plural: die Bananen*	banana	
die Birne *Plural: die Birnen*	pear	
sie *(3. Person Plural)*	you *(third person plural)*	
der Prospekt	leaflet (grocery store sales/offer leaflet)	
das Gewicht	weight	

wie viel	how much
sie kosten *Infinitiv: kosten*	they cost *infinitive: to cost*
günstig	cheap/affordable
das Ei *Plural: die Eier*	egg
die Butter	butter
die Milch	milk
das Öl	oil
der Fisch	fish
morgen	tomorrow
das Fleisch	meat
ich weiß *Infinitiv: wissen*	I know *infinitive: to know*
der Preis	price
der Verkäufer / die Verkäuferin	salesperson *(male/female)*
Entschuldigung, ich habe eine Frage	Excuse me, I have a question
die Frage	question
billig	cheap
das Bier	beer
da gibt es ...	there are...
die Hilfe	help
die Kasse	cash register
wir legen *Infinitiv: legen*	we place *infinitive: to place*
mit Karte bezahlen	to pay by card
bar bezahlen	to pay cash
die Einkaufstaschen sind schwer *Infinitiv: sein*	the grocery bags are heavy *infinitive: to be*
draußen	outside
Auf Wiedersehen	goodbye
tschüss	bye
international	international

Diese Vokabeln sind auch wichtig

This vocabulary is also important

wir fahren los *Infinitiv: losfahren*	we drive off *infinitive: to drive off/to leave*
die Einkaufsliste	shopping list
in Ordnung	That's fine
der Stau	traffic jam
der Supermarkt	supermarket
wir parken *Infinitiv: parken*	we park *infinitive: to park*
direkt vor dem Eingang	directly in front of the entrance
der Einkaufswagen	shopping cart
diese Woche im Angebot	on offer this week
das Kilogramm	kilogram
frisch	fresh
eine große Auswahl an ...	a large selection of...
das Stück	piece/item
das Produkt *Plural: die Produkte*	product
lecker	tasty/delicious
ich habe fast vergessen *Infinitiv: vergessen*	I almost forgot *infinitive: to forget*
einpacken *(Infinitiv)*	to pack
die Einkäufe	shopping
der Kofferraum	trunk (of a car)

CHAPTER 6

Anna steht auf

What do Germans eat for breakfast?

Breakfast in Germany is similar to that in other European countries. However, some breakfast specialities are unique to Germany. In Bavaria, for example, you can have 'Weißwurst' for breakfast, which is a sausage made of pork and/or veal, seasoned with onion and parsley. Traditionally, it is served in a small pot with hot water. To accompany your sausage, you get sweet mustard (der Süßsenf) and a pretzel (die/ das Brezel). Surprisingly, this breakfast is often served with 'Hefeweizen' (wheat beer)!

Scan the QR code and listen to the story. You'll find a link to all the audio files at the beginning of the book.

„Hi, Anna! **Hast** du gut **geschlafen**?" Maria ist **schon** aufgewacht. „Ja, danke, mein Bett ist **so** bequem!", antworte ich. Maria steht immer früh auf.

Ich mache das Fenster auf und gehe ins Bad. Ich drehe **das Wasser** auf und **wasche mir die Hände** und das Gesicht. Ich trockne mir das Gesicht mit einem Handtuch ab. Dann nehme ich die Zahnbürste und Zahnpasta und putze mir die Zähne. Danach nehme ich meine Haarbürste aus der Kosmetiktasche und kämme mich. Ich trage eine Creme auf mein Gesicht auf. Ich gehe in mein Zimmer und **ziehe mich an**. Es ist warm heute. Ich ziehe also mein **neues** Sommerkleid an.

Maria bringt mir einen Kaffee. „Trinkst du mit Milch und Zucker?", fragt sie. „**Ohne** Zucker, bitte", antworte ich. „Wollen wir heute **das Frühstück** in einer **Bäckerei** essen?", fragt Maria. „Ja, gern. Ich **frühstücke** meistens zu Hause", antworte ich. „Super! Danach **besichtigen** wir **die Stadt** und am Abend können wir ins **Kino** gehen, wenn du möchtest", sagt Maria. „Das ist eine gute **Lösung**!", antworte ich. „Wir **sollen** uns beeilen. Unser Zug fährt in 20 Minuten ab. Für die Fahrt ins Stadtzentrum benötigen wir 25 Minuten. Wir sollten also **gegen** 10.00 Uhr da sein", sagt Maria. „Okay, ich bin gleich fertig", antworte ich.

Ich schaue durch das Fenster. Marias Mutter arbeitet schon im Garten. Sie war **gestern** beim Gartenmarkt und hat Blumenerde und schöne Blumen gekauft. Heute pflanzt sie die Blumen ein. Im **Sommer** muss sie die Pflanzen täglich gießen. Marias Mutter pflegt den Garten gern. Ihre **Lieblings**blumen sind Tulpen.

Marias Vater und Bruder **sind** schon **weg**. Sie sind **um** 8.00 Uhr mit dem Auto an den **See** gefahren. Sie **bleiben** dort lange und kommen erst am Nachmittag nach Hause.

Das Wetter ist schön. **Die Sonne scheint**. Das Thermometer zeigt 20 **Grad**. Ich nehme lieber meine Sonnenbrille und die Sonnencreme mit. Ich packe noch das Portemonnaie, das Handy und den Fotoapparat in die Tasche.

Vocabulary

Maria nimmt den **Schlüssel** und zwei kleine Flaschen Wasser mit. Wir ziehen unsere Sandalen an. Wir gehen zu Fuß zum Bahnhof. Unterwegs begrüßen wir eine Nachbarin **von** Maria. Sie sitzt auf der Terrasse und **liest** ein Buch. „Guten Morgen, Frau Schiller!", sagt Maria. „Schönes Wetter heute, nicht wahr?" „Guten Morgen, Maria! Ja, ich **liebe** den Sommer!", antwortet die ältere **Dame**. „Wir haben **wenig** Zeit! Unser Zug fährt gleich ab. Es ist schon **spät**!", erklärt Maria. „Alles **klar**, einen schönen Tag!", ruft die Nachbarin. „Danke schön! Gleichfalls!", antwortet Maria.

A1/A2 Vokabeln	A1/A2 Vocabulary	LEARNED?
Hast du gut geschlafen? *Infinitiv: schlafen*	Did you sleep well? *infinitive: to sleep*	✓
schon	already	○
so bequem	so comfortable	○
das Wasser	water	○
ich wasche mir die Hände *Infinitiv: (sich) waschen*	I wash my hands *infinitive: to wash oneself*	○
die Hand *Plural: die Hände*	hand	○
ich ziehe mich an *Infinitiv: (sich) anziehen*	I get dressed *infinitive: to get dressed/to dress oneself*	○
neu	new	○

ohne	without
das Frühstück	breakfast
die Bäckerei	bakery
ich frühstücke *Infinitiv: frühstücken*	I eat breakfast *infinitive: to eat breakfast*
wir besichtigen *Infinitiv: besichtigen*	we visit/take a tour *infinitive: to visit (a place)*
die Stadt	city/town
das Kino	movie theater
die Lösung	solution
wir sollen *Infinitiv: sollen*	we should
gegen 10.00 Uhr	about 10 a.m.
gestern	yesterday
der Sommer	summer
die Lieblingsblumen	favorite flowers
sie sind weg *Infinitiv: weg sein*	they are gone *infinitive: to be gone*
um 8.00 Uhr	at 8 a.m.
der See	lake
sie bleiben *Infinitiv: bleiben*	they stay *infinitive: to stay*
das Wetter	weather
die Sonne scheint *Infinitiv: scheinen*	the sun shines/is shining *infinitive: to shine*
die Sonne	sun
das Grad	degree(s)
der Schlüssel	key
von	of/from
die Nachbarin von Maria	Maria's neighbor

sie liest *Infinitiv: lesen*	she reads/is reading *infinitive: to read*
ich liebe *Infinitiv: lieben*	I love *infinitive: to love*
die Dame	lady
wenig	a little/few
spät	late
klar	all right/understood
der Mund	mouth

Diese Vokabeln sind auch wichtig

This vocabulary is also important

das Gesicht	face
die Zahnbürste	toothbrush
die Zahnpasta	toothpaste
ich putze mir die Zähne	I brush my teeth
putzen *(Infinitiv)*	to clean
die Haarbürste	hairbrush
ich kämme mich *Infinitiv: sich kämmen*	I comb my hair *infinitive: to comb*
warm	warm
ich ziehe ein Sommerkleid an *Infinitiv: anziehen*	I put on a summer dress *infinitive: to put on (clothes)*
Trinkst du mit Milch und Zucker?	Do you take milk and sugar?

meistens	usually
zu Hause	at home
danach	afterwards
am Abend	in the evening
wir gehen ins Kino *Infinitiv: gehen*	we go to the movie theater *infinitive: to go*
das Stadtzentrum	city center/downtown
am Nachmittag	in the afternoon
sie kommen nach Hause *Infinitiv: kommen*	they come home *infinitive: to come*
die Sonnenbrille	sunglasses
die Sonnencreme	sunscreen
das Portemonnaie	wallet
unterwegs	on the way
begrüßen	to greet
der Nachbar / die Nachbarin	neighbor *(male/female)*
Schönes Wetter heute, nicht wahr?	Lovely weather today, isn't it?
alles klar	all right/understood
Einen schönen Tag!	Have a lovely day!
gleichfalls	Same to you

CHAPTER 7

Anna und Maria fahren mit dem Zug

What should you never do in Germany?

Different countries, different customs. What is it best not to do in Germany?

- Travel without a ticket (fare dodging)
- Sort your rubbish incorrectly
- Throw away bottles instead of returning them
- Be late
- Address strangers as 'Du'

Scan the QR code and listen to the story. You'll find a link to all the audio files at the beginning of the book.

Wir haben uns leider verspätet und unseren Zug dadurch verpasst. „So ein Pech! Was machen wir jetzt?", frage ich. „Komm, da ist **die Auskunft**", antwortet Maria.

„Guten Morgen! **Wann** fährt der nächste Zug zum Berliner Hauptbahnhof ab?", fragt Maria am **Schalter**.
„Guten Morgen! In 20 Minuten, von **Bahnsteig** 5", antwortet ein **Mann**.
„Super, dann möchte ich zwei **Fahrkarten** kaufen."
„Bitte schön. Das macht zusammen 8,00 Euro."
„Bitte sehr", antwortet Maria.

„Wir müssen die Fahrkarten noch entwerten", sagt Maria. „Wo denn?", frage ich. „Hier, an diesem **Automaten**", erklärt Maria. „Oh nein, schau mal, der Entwerter funktioniert nicht. Das ist aber nicht so schlimm. Wir informieren das Zugpersonal bei der Ticketkontrolle. Wir haben noch etwas Zeit. Ich gehe schnell zum **Kiosk** und kaufe eine **Zeitung**." - „Okay, mach das", antworte ich.

Ich warte auf Maria. Ich sehe vor mir einen Fahrplan mit den **Informationen** zur **Abfahrt** und zur **Ankunft** der Züge. Plötzlich **höre** ich eine **Durchsage**: „Der Zug zum Hauptbahnhof fährt ein. Bitte **Vorsicht**!" Zum Glück kommt Maria schon. Wir steigen in den Zug ein. Fast alle **Plätze** sind **besetzt**. Wir gehen weiter und finden noch zwei freie Sitze. Neben Maria steht ein **Junge** mit seinem **Fahrrad** und neben mir sitzt eine **junge Frau** mit ihrem **Baby** auf dem Arm. **Zwischen** uns sitzt ein Mann mit einem kleinen **Hund**. Ich reise gern mit der **Bahn**.

„Darf ich bitte Ihre **Tickets** sehen?", fragt ein älterer **Herr**. Das ist der Kontrolleur. Maria greift in ihre Tasche und zeigt unsere Fahrkarten. „Leider war der Entwerter **kaputt**. Ich konnte die Fahrkarten nicht entwerten", erklärt Maria dem Kontrolleur. „In Ordnung. Vielen Dank", sagt der Mann.

„Anna, weißt du was?", sagt Maria „Ich möchte eine Wohnung mieten und habe gestern eine interessante **Anzeige** gesehen. Ich habe dem

Vermieter eine Nachricht auf dem **Anrufbeantworter** hinterlassen. Er hat mir heute Morgen eine **E-Mail** geschickt. Ich habe mit ihm einen **Termin** morgen gegen Mittag vereinbart. **Kommst** du **mit**?“

„Ja, klar“, antworte ich. „Wo ist das?“ - „Nicht weit weg vom Stadtzentrum“, antwortet Maria.

„Nächster Halt: Hauptbahnhof“, hören wir eine **Ansage**. Ein großer **Teil** der Passagiere steht auf und geht zur Tür.

A1/A2 Vokabeln	A1/A2 Vocabulary
die Auskunft	information desk
wann	when
der Schalter	counter
der Bahnsteig	platform
der Mann *Plural: die Männer*	man
die Fahrkarte *Plural: die Fahrkarten*	ticket
der Automat	machine (to validate tickets)
der Kiosk	news stand
die Zeitung	newspaper
die Information	information
die Abfahrt	departure
die Ankunft	arrival
ich höre *Infinitiv: hören*	I hear *infinitive: to hear*
die Durchsage	announcement (on a PA system)
Bitte Vorsicht!	Please take care!/Please pay attention!
der Platz *Plural: die Plätze*	seat
besetzt	occupied
der Junge	boy
das Fahrrad	bicycle
jung	young
die Frau *Plural: die Frauen*	woman
das Baby	baby
zwischen	between

der Hund	dog
die Bahn	train
das Ticket *Plural: die Tickets*	ticket
der Herr *Plural: die Herren*	gentleman
kaputt	broken
die Anzeige	advertisement (in a newspaper)
der Vermieter / die Vermieterin	landlord *(male/female)*
der Anrufbeantworter	answering machine
die E-Mail	email
der Termin	appointment
Kommst du mit? *Infinitiv: mitkommen*	Will you come with me? *infinitive: to come with*
die Ansage	announcement
der Teil	part
Wir haben es eilig	We are in a hurry

Diese Vokabeln sind auch wichtig

This vocabulary is also important

der nächste Zug	the next train	○
wir informieren *Infinitiv: informieren*	we inform *infinitive: to inform*	○
der Fahrplan	train schedule	○
plötzlich	suddenly	○
der Zug fährt ein *Infinitiv: einfahren*	the train arrives *infinitive: to arrive (vehicle)*	○
fast	almost	○
der Sitz	seat	○
Darf ich? *Infinitiv: dürfen*	May I? *infinitive: to be allowed*	○
der Kontrolleur / die Kontrolleurin	conductor *(male/female)*	○
ich habe gesehen *Infinitiv: sehen*	I saw *infinitive: to see*	○
interessant	interesting	○
die Nachricht	message	○
heute Morgen	this morning	○
gegen Mittag	about midday	○
Wo ist das? *Infinitiv: sein*	Where is that? *Infinitive: to be*	○
nicht weit weg	not far away	○
nächster Halt	next stop	○
der Passagier *Plural: die Passagiere*	passenger	○

CHAPTER 8

Anna und Maria in der Bäckerei

Bread culture in Germany

There are officially 3,200 types of bread in Germany. And, in every region, people use different names for things like rolls. Don't believe it? Here's how you can ask for a roll in a bakery:

- Semmel (Bavaria)
- Wecken (Swabia)
- Rundstück (Northern Germany)
- Schrippe (Berlin)

But don't worry – no matter where you are, if you ask for a 'Brötchen', the shop assistant will definitely understand you!

Scan the QR code and listen to the story. You'll find a link to all the audio files at the beginning of the book.

Die Bäckerei ist nur 200 Meter vom Bahnhof entfernt. Wir müssen 5 Minuten warten, denn sie ist erst **ab** 11.00 Uhr **geöffnet**. Wir sind **beide** sehr hungrig. In der Bäckerei **ist das Licht** schon **an**. Die Verkäuferin räumt auf. Sie sieht uns und schließt die Tür auf. „Guten Morgen, kommen Sie gern hinein“, sagt die junge Frau und lächelt.

Wir sind die ersten Kunden. Es ist **ruhig** in dem **Lokal**. Auf den Regalen liegen frisch gebackenes **Brot** und viele Sorten von **Brötchen**. „Dieser Platz in der **Ecke sieht** gut **aus**, oder?“, fragt Maria. „Ja, ich muss aber zuerst auf **die Toilette**“, antworte ich. „Wo sind die Toiletten?“ - „Die erste Tür rechts“, sagt die Verkäuferin.

Wir setzen uns an den Tisch und schauen uns **die Speisekarte** an.
„Wollen wir schon **bestellen**?“, fragt Maria.
„Ich komme **sofort**!“, ruft die Verkäuferin.

„Was darf´s sein?“, fragt die Verkäuferin.
„Ich hätte gern das Landfrühstück und einen Saft“, antwortet Maria.
„**Welche** Brötchen möchten Sie? Vollkornbrötchen oder **normale** Brötchen?“
„Ich nehme Vollkornbrötchen.“
„Alles klar. Und der Saft? Wir haben Orangensaft und Apfelsaft. Welchen Saft möchten Sie? Und welche **Größe** – klein oder groß?“
„Einen kleinen Orangensaft, bitte.“
„Sehr gern. Und was möchten Sie?“, fragt mich die Verkäuferin.
„Ich möchte ein Rührei mit **Schinken** und einen schwarzen **Tee**.“
„Ja, gern“, sagt die Verkäuferin.
„**Vielleicht** trinken wir danach noch einen Cappuccino und essen etwas Süßes?“, fragt Maria.
„Ich **empfehle** Ihnen unseren Apfelkuchen“, sagt die Verkäuferin.
„Dann nehmen wir noch zwei Stück Apfelkuchen mit Schlagsahne.“
„Alles klar. Ich bringe das Frühstück gleich“, antwortet die Verkäuferin.
Fünf Minuten später bekommen wir das Essen und die Getränke.

Vocabulary

Die Verkäuferin stellt auch ein Glas für den Saft und das Besteck in einem Korb auf den Tisch. Maria bekommt zwei Brötchen, zwei Scheiben Käse, die Butter, ein Würstchen, ein gekochtes Ei und frische Gurken. Das Essen **riecht** gut. „Mein Rührei **schmeckt** sehr gut", sage ich zu Maria. „Meine Brötchen sind auch lecker", antwortet sie. „Gibst du mir bitte **das Salz**?"

Zum **Schluss** essen wir noch den Kuchen und trinken einen Cappuccino.

„Kann ich mit der Karte **zahlen**?", fragt Maria die Verkäuferin.
„Das geht bei uns leider nicht", antwortet sie.

„Ich kann bezahlen. Ich habe **Geld** mitgenommen", sage ich und bezahle das Frühstück.

A1/A2 Vokabeln	A1/A2 Vocabulary	LEARNED?
ab	from	✓
sie ist geöffnet / sie ist auf *Infinitiv: sein*	it is open *infinitive: to be*	
beide	both	
das Licht ist an *Infinitiv: an sein*	the light is on *infinitive: to be on*	
ruhig	quiet	
das Lokal	restaurant/eatery	
das Brot	bread	
das Brötchen *Plural: die Brötchen*	bread roll	
die Ecke	corner	
es sieht gut aus *Infinitiv: aussehen*	it looks good *infinitive: to look (appearance)*	
die Toilette	restroom	
die Speisekarte	menu	
wir bestellen *Infinitiv: bestellen*	we order *infinitive: to order*	
sofort	immediately	
welche Brötchen?	which bread roll(s)?	
normal	normal	
die Größe	size	
der Schinken	ham	
der Tee	tea	
vielleicht	maybe	
ich empfehle *Infinitiv: empfehlen*	I recommend *infinitive: to recommend*	
das riecht gut *Infinitiv: riechen*	that smells good *infinitive: to smell*	

das schmeckt sehr gut *Infinitiv: schmecken*	that tastes delicious *infinitive: to taste*	○
das Salz	salt	○
zum Schluss	finally/to finish	○
zahlen *(Infinitiv)*	to pay	○
das Geld	money	○
bitter	bitter	○

Diese Vokabeln sind auch wichtig
This vocabulary is also important

zuerst	first/firstly
ich muss auf die Toilette *Infinitiv: müssen*	I need to use the restroom *infinitive: to need/must*
Wo sind die Toiletten?	Where is the restroom?
Was darf´s (darf es) sein?	What would you like to order?
der Orangensaft	orange juice
das Rührei	scrambled egg
schwarz	black
fünf Minuten später	five minutes later
das Besteck	silverware
der Korb	basket
die Scheibe	slice
der Käse	cheese
das Würstchen	sausage
das gekochte Ei	boiled egg
die Gurke	cucumber/pickle
das geht nicht	that's not possible
bei uns	here/at ours

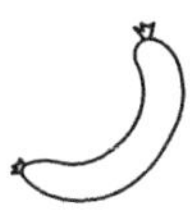

CHAPTER 9

Anna schickt eine Postkarte

My favorite places in Germany

Where can you send a nice postcard from? There are many beautiful places in Germany that you should definitely visit. Here are my favorites:

1. Königssee
2. Garmisch-Partenkirchen
3. Rothenburg ob der Tauber
4. Museum Island in Berlin
5. Nuremberg Christmas market

Scan the QR code and listen to the story. You'll find a link to all the audio files at the beginning of the book.

„Oh, mein **Bauch** ist so voll!“, lacht Maria. „Ich glaube, ich habe **zu** viel gegessen!“ „Ich auch!“, antworte ich. „Maria, gibt es hier in der Nähe eine Postfiliale? Ich möchte meinem Freund eine Postkarte aus Berlin **schicken**. Ich habe ihm das versprochen,“ sage ich. „Ja, **die Post** ist hinter dem Rathaus. Wir müssen **geradeaus** gehen und dann links abbiegen.“

Wir gehen zur Post. Dort ist viel los. Die Postmitarbeiter haben viel zu **tun**. Auf der Post kann man einen **Brief senden** oder ein Paket aufgeben. Hier kann man auch einen Briefumschlag, eine Postkarte oder eine **Briefmarke** kaufen. Wir gehen zu dem Ständer mit den Postkarten. „Guck mal, hier ist eine Postkarte mit dem Brandenburger Tor“, sagt Maria. „Sie ist **richtig** schön. Ich nehme sie“, antworte ich. „Schau mal, was für eine lange Schlange!“, ruft Maria. Wir stellen uns **hinten** an.

Nach kurzer Zeit sind wir an der Reihe. „Was kann ich für Sie tun?“, fragt die Postangestellte. „Ich möchte diese Postkarte nach Polen schicken. Ich brauche auch eine Briefmarke“, antworte ich. „Bitte schön. Das macht dann zusammen 5,00 Euro“, sagt die Frau. Ich **gebe** ihr 20 Euro. „Haben **Sie** vielleicht Kleingeld?“, fragt sie. „Ja, bitte schön“, antworte ich und gebe der Frau das Geld.

Maria und ich gehen zum **Ausgang**. Ich nehme einen **Kugelschreiber** aus der Tasche und schreibe auf die Postkarte einen kurzen **Text**, den **Absender** und den **Empfänger**. Ich klebe die Briefmarke auf die Postkarte und werfe sie in den Briefkasten vor der Postfiliale.

„Ich hoffe, dass die Postkarte schnell ankommt“, sage ich zu Maria. „Ich denke, das kann **bis** zu einer Woche dauern“, antwortet sie. „Entschuldigung, haben Sie **Feuer**?“, fragt uns ein fremder Mann. „Nein, tut mir leid“, sagt Maria.

„So, jetzt können wir endlich Berlin besichtigen, oder?“, lacht Maria. „**Wohin** gehen wir zuerst? Hast du schon einen **Plan**?“, frage ich. „Um die Ecke ist die Touristeninformation. Wir bekommen da einen Stadtplan“, antwortet Maria. „Dann los!“, rufe ich. „Ich kann es kaum erwarten!“

A1/A2 Vokabeln	A1/A2 Vocabulary	LEARNED?
der Bauch	stomach/belly	
zu viel	too much	
schicken *(Infinitiv)*	to send	
die Post	post office	
geradeaus	straight ahead	
viel zu tun	busy/a lot to do	
man kann einen Brief senden *Infinitiv: senden*	you can send a letter *infinitive: to send*	
der Brief	letter	
die Briefmarke	stamp	
richtig schön	really nice	
hinten	back	
ich gebe *Infinitiv: geben*	I give *infinitive: to give*	
Sie *(3. Person Plural, Höflichkeitsform)*	you *(3rd person plural, polite form)*	
der Ausgang	exit	
der Kugelschreiber	(ballpoint) pen	
der Text	text	
der Absender	sender	
der Empfänger	recipient	
bis zu einer Woche	up to one week	
das Feuer	a lighter	
wohin	where (to)	

der Plan *Plural: die Pläne*	plan	○
anklicken *(Infinitiv)*	to click (on) [computer]	○
die Anrede	form of address	○
die Aussage	message	○
die Maschine	machine	○

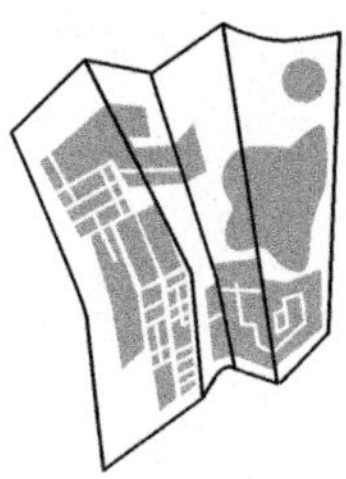

Diese Vokabeln sind auch wichtig

This vocabulary is also important

Gibt es hier in der Nähe ...?	Is there a ... nearby?	◯
aus Berlin	from Berlin	◯
hinter	behind	◯
das Rathaus	town hall	◯
links	left	◯
das Paket	package	◯
die lange Schlange	long line	◯
wir stellen uns hinten an *Infinitiv: sich anstellen*	we stand at the back of the line *infinitive: to stand in line*	◯
wir sind an der Reihe *Infinitiv: sein*	it is our turn *infinitive: to be*	◯
tun *(Infinitiv)*	to do	◯
der Postangestellter **/ die Postangestellte**	postal worker *(male/female)*	◯
nach Polen	to Poland	◯
ein fremder Mann	a stranger *(male)*	◯
(es) tut mir leid *Infinitiv: leidtun*	I'm sorry *infinitive: to be sorry about something*	◯
um die Ecke	around the corner	◯
die Touristeninformation	tourist information	◯
der Stadtplan	city map	◯

CHAPTER 10

Anna und Maria in der Toureninformation

The most beautiful castles in Germany

There are about 25,000 castles in Germany!

Here are five that I consider the most beautiful:

1 Neuschwanstein Castle
2 Eltz Castle
3 Hohenzollern Castle
4 Ludwigsburg Castle
5 Heidelberg Castle

Scan the QR code and listen to the story. You'll find a link to all the audio files at the beginning of the book.

„Welche Sehenswürdigkeiten gibt es in Berlin?", frage ich Maria. „Oh, in Berlin gibt es sehr viel zu **besichtigen**. Zu den **wichtigen Sehenswürdigkeiten gehören zum Beispiel** der Alexanderplatz, das Brandenburger Tor und der Fernsehturm. Hier gibt es schöne Schlösser, Museen und Denkmäler. In Berlin finden auch viele **kulturelle** Veranstaltungen statt", erzählt Maria.

„Touristeninformation", lese ich auf dem **Schild an** dem Gebäude vor uns. Wir **öffnen** die Tür und gehen hinein.

„Guten Tag! Wir möchten Berlin besichtigen. Können Sie uns einen **Ausflug anbieten**?", fragt Maria.
„Guten Tag, ja klar. Ich empfehle Ihnen eine Stadtrundfahrt mit dem Bus. So können Sie die schönsten Ecken der Hauptstadt entdecken. Der nächste Ausflug **beginnt** um 15.00 Uhr und dauert **circa** zwei Stunden. Einen **Moment**, bitte. Ich hole eine Broschüre für Sie", antwortet der Mitarbeiter.
„Danke. Wie viel kostet ein Ticket?"
„Ein Ticket kostet 30,00 Euro pro Person."
„Vielen Dank. Und wo kaufe ich die Tickets?"
„Sie können sie bei uns kaufen oder online buchen. Wie viele Tickets möchten Sie denn? Wir haben eine Ermäßigung für **Gruppen** ab 5 Personen."
„Wir sind nur zu zweit. Bekomme ich bei Ihnen auch einen Stadtplan?"
„Ja, natürlich. Bitte schön."

Maria zeigt mir auf dem Stadtplan, wo wir uns gerade befinden. „Hier ist der Flughafen und da der Alexanderplatz", erklärt sie. „Wir sind jetzt hier und dieser grüne Punkt zeigt ein Museum. Wir können das Museum jetzt besichtigen, **denn** unser Ausflug startet erst in einer Stunde. Was sagst du dazu?"

„Entschuldigen Sie bitte, ich hätte gern zwei Tickets für dieses Museum", sagt Maria zu dem Mitarbeiter.
„Dieses Museum ist heute leider **geschlossen**. Die Öffnungszeiten sind von Dienstag bis Samstag von 10.00 Uhr bis 17.00 Uhr. Die **Führungen** finden bis 16.00 Uhr statt. Ich habe aber einen anderen Vorschlag für Sie. Diese Woche gibt es im Rathaus eine interessante Ausstellung. **Der Eintritt** ist kostenfrei", antwortet er.
„Perfekt!", sagt Maria.

A1/A2 Vokabeln	A1/A2 Vocabulary	Learned?
besichtigen *(Infinitiv)*	to visit (a place)	✓
wichtig	important	
die Sehenswürdigkeit	sight/tourist attraction	
gehören *(Infinitiv)*	to belong	
zum Beispiel / z. B.	for example/e.g.	
das Beispiel	example	
kulturell	cultural	
das Schild	sign	
an dem Gebäude	on the building	
öffnen *(Infinitiv)*	to open	
der Ausflug	trip (excursion)	
anbieten *(Infinitiv)*	to offer	
der Ausflug beginnt *Infinitiv: beginnen*	the trip starts *infinitive: to start*	
circa / ca.	about/approx.	

Einen Moment	One moment
die Gruppe	group
denn	because
das Museum ist geschlossen / ist zu *Infinitiv: sein*	the museum is closed/shut *infinitive: to be*
die Führung	guided tour
der Eintritt	entry
der Reiseführer	tour guide/guide book

Diese Vokabeln sind auch wichtig

This vocabulary is also important

das Gebäude	building
die Stadtrundfahrt	city tour
mit dem Bus	by bus
die Hauptstadt	capital (city)
der Mitarbeiter	employee *(male/female)*
pro Person	per person
buchen *(Infinitiv)*	to book
die Ermäßigung	discount
ab 5 Personen	from 5 people/for 5 or more people
Wir sind nur zu zweit	There's only two of us
natürlich	of course
dieser grüne Punkt	this green dot
in einer Stunde	in one hour/an hour
Entschuldigen Sie bitte ...	Excuse me please...
die Öffnungszeiten	opening times
von Dienstag bis Samstag	from Tuesday to Saturday
von 10.00 Uhr bis 17.00 Uhr	from 10 a.m. to 5 p.m.
kostenfrei	free (of charge)

CHAPTER 11

Maria sucht eine Wohnung

Beer culture in Germany

Germans love beer. There are so many types of beer in Germany that you could try a new one every day for 15 years! Here are some of the most popular:

- Pilsner (with an increased hop content)
- Weizenbier – also known as 'Weißbier' and 'Hefeweizen' (with a high percentage of wheat malt)
- Lagerbier (that has been stored for a long time)
- Dunkelbier (with a distinctively malty flavor)

Scan the QR code and listen to the story. You'll find a link to all the audio files at the beginning of the book.

Am nächsten Tag besichtige ich mit Maria eine Wohnung. „Wie ist **die Adresse**?“, frage ich Maria. „Lindenstraße, **Hausnummer** 19“, antwortet sie. „Ich **glaube**, meine **Bekannte** wohnt am **Ende** dieser **Straße**. Ich war **nur einmal** bei ihr. Sie mietet ein tolles **Apartment** mit **Blick** auf den Park. In der Gegend wohnen viele **Ausländer**“, erzählt Maria.

Wir gehen **durch** den Park. Vor dem Gebäude wartet schon der Vermieter auf uns. Er **hält** die Schlüssel in der Hand. Hinter dem Haus sehe ich eine **Sporthalle**. Neben dem Gebäude ist ein kleines **Café** und ein **Restaurant** und 100 Meter weiter ein **Schwimmbad**. Ich mag keinen **Sport**, aber Maria **schwimmt** gern. Nach einem kurzen **Gespräch** gehen wir in das Mehrfamilienhaus hinein. Der Vermieter **macht** das Licht **an**. Es ist sauber und ruhig. Die Wohnung ist in der vierten Etage. Das ist **hoch**, aber zum Glück gibt es hier einen **Aufzug**.

„Mein Opa war der Eigentümer. Leider **ist** er im **letzten** Jahr **gestorben**. Ich möchte die Wohnung jetzt **vermieten**. **Zurzeit** sind noch zwei andere Personen an der Wohnung interessiert. Kommen Sie, ich zeige Ihnen alles“, erklärt der Vermieter.

Die Wohnung ist sehr schön. Im Bad gibt es eine große **Dusche**. Die Küche ist hell. In der **Mitte** steht ein großer Tisch. **„Die Miete** beträgt 600,00 Euro pro Monat. Man muss das Geld zum Ende jedes Monats auf unser **Konto überweisen**. In der Wohnung gibt es schon **Internet** und einen **Telefonanschluss**. Hier steht ein großer Schrank. Da passt viel **Kleidung** hinein. Ach so, in dem Gebäude **darf** man nicht **rauchen**. Es ist **verboten**. Rauchen Sie?“, fragt der Mann. „Nein, ich rauche nicht“, antwortet Maria.

„Und was machen Sie beruflich?“, fragt der Vermieter. „Ich bin Studentin. Ich möchte nach dem **Studium** so schnell wie **möglich selbstständig** werden. Bald habe ich meine letzte **Prüfung**. Dann werde ich mir eine **Arbeit** suchen“, antworte ich. „Okay, **füllen** Sie bitte nur noch ein **Formular aus**“, sagt der Vermieter und nimmt einen **Bogen** Papier aus seiner Tasche. „Oh, nein. Ich habe es vergessen. Ist es möglich, dass Sie es zu Hause **ausdrucken** und mir zusenden?"

„Ja, gar kein Problem. Ich habe einen **Drucker**", antwortet Maria. „Super. Wie heißen Sie nochmal?", fragt der Vermieter. „Maria Cuesta", sagt Maria. „Welcher **Buchstabe** steht am Anfang? Können Sie bitte Ihren **Namen buchstabieren**?", fragt er. „Natürlich", sagt Maria. Der Vermieter notiert ihren Namen, die aktuelle Adresse, **die Postleitzahl** und das konkrete **Datum**, wann Maria einziehen möchte.

„**Unterschreiben** Sie bitte **die Papiere** und **geben** Sie mir sie bis Freitag **ab**. Sie erhalten eine **Antwort** bis Ende Juli", sagt der Vermieter. „Mache ich", antwortet Maria. Der Vermieter **macht** das Licht **aus**, **schließt** die Tür und wir gehen nach draußen. Wir verabschieden uns.

LEARNED?

A1/A2 Vokabeln	A1/A2 Vocabulary
die Adresse	address
die Hausnummer	house number
die Nummer	number
ich glaube, dass ... *Infinitiv: glauben*	I believe that... *infinitive: to believe*
der / die Bekannte	acquaintance *(male/female)*
am Ende	at the end
das Ende	end
die Straße	street
nur	only
einmal	once
das Apartment	apartment
der Blick	view
der Ausländer / die Ausländerin	foreigner *(male/female)*
durch	through
er hält *Infinitiv: halten*	he holds *infinitive: to hold*
die Sporthalle	gym
das Café	café
das Restaurant	restaurant
das Schwimmbad	swimming pool
der Sport	sport
Maria schwimmt *Infinitiv: schwimmen*	Maria swims *infinitive: to swim*
das Gespräch	conversation
er macht das Licht an *Infinitiv: anmachen*	he turns on the light *infinitive: to turn on*
hoch	high

der Aufzug	elevator
im letzten Jahr	in the last year
das Jahr *Plural: die Jahre*	year
er ist gestorben *Infinitiv: sterben*	he died *infinitive: to die*
vermieten *(Infinitiv)*	to rent out
zurzeit	at the moment
die Dusche	shower
in der Mitte	in the middle
die Mitte	middle/center
die Miete	rent
das Konto	account
überweisen *(Infinitiv)*	to transfer
das Internet	internet
der Telefonanschluss	telephone connection
der Anschluss	connection
die Kleidung	clothes
man darf nicht *Infinitiv: dürfen*	you are not allowed *infinitive: to be allowed*
rauchen *(Infinitiv)*	to smoke
verboten	forbidden
das Studium	studies (at college)
so schnell wie möglich	as fast/soon as possible
selbstständig	independent
die Prüfung	exam
die Arbeit	work/job
füllen Sie das Formular aus *Infinitiv: ausfüllen*	fill in the form *(imperative, formal form of address)* *infinitive: to fill in*

das Formular	form
der Bogen	sheet (of paper)
ausdrucken *(Infinitiv)*	to print out
der Drucker	printer
der Buchstabe	letter (alphabet)
der Name	name
buchstabieren *(Infinitiv)*	to spell out
die Postleitzahl	ZIP code
das Datum	date
unterschreiben Sie bitte *Infinitiv: unterschreiben*	please sign *(imperative, formal form of address)* *infinitive: to sign*
die Papiere *(Pl.)*	papers
geben Sie die Papiere ab *Infinitiv: abgeben*	hand in the papers *(imperative, formal form of address)* *infinitive: to hand in*
die Antwort	answer
er macht das Licht aus *Infinitiv: ausmachen*	he turns off the light *infinitive: to turn off*
er schließt die Tür *Infinitiv: schießen*	he closes the door *infinitive: to close*
ankreuzen *(Infinitiv)*	to mark with a cross/to check
ich melde mich an *Infinitiv: sich anmelden*	I am registering *infinitive: to register*
die Anmeldung	registration
die Aussage	message
das bedeutet nichts *Infinitiv: bedeuten*	that doesn't mean anything *infinitive: to mean/to signify*

Wie benutzt man das? *Infinitiv: benutzen*	How do you use this?/How does this work? *Infinitive: to use*	○
sie erlaubt das nicht *Infinitiv: erlauben*	she does not allow that *infinitive: to allow*	○
der Familienname	family name	○
der Familienstand	marital status	○
das Geburtsjahr	year of birth	○
der Geburtsort	place of birth	○
Ich kriege 10 Euro von Ihnen.	You owe me 10 Euros	○
kriegen *(Infinitiv)*	to get	○
ledig	single	○
die Rechnung	bill/invoice	○
der Satz	sentence	○
das Telefon	telephone	○
tot	dead	○
die Unterschrift	signature	○
verheiratet	married	○
der Vorname	first name	○
die Zigarette *Plural: die Zigaretten*	cigarette	○
gültig	valid	○

Diese Vokabeln sind auch wichtig

This vocabulary is also important

Auf Wiederhören!	Speak to you soon!	◯
am nächsten Tag	next day	◯
bei ihr	at hers	◯
der Park	park	◯
in der Gegend	in the area (neighborhood)	◯
das Mehrfamilienhaus	apartment building	◯
sauber	clean	◯
der Eigentümer / die Eigentümerin	owner *(male/female)*	◯
pro Monat	per month	◯
gar kein Problem	not a problem	◯
am Anfang	at the beginning	◯
bis Ende Juli	until the end of July	◯

CHAPTER 12

Die Hobbys von Anna und Maria

What kind of music do Germans listen to?

The top 5 internationally known music artists from Germany are:

- Scooter
- Boney M.
- James Last
- Rammstein
- Hans Zimmer

Scan the QR code and listen to the story. You'll find a link to all the audio files at the beginning of the book.

Wir fahren mit der **Straßenbahn zurück**. Unterwegs **sprechen** wir über unsere **Hobbys**. „Ich **tanze** gern und **spiele** Gitarre. Ich höre auch gern Musik. Ich habe viele **CDs** zu Hause. Am liebsten höre ich **die Lieder** von Sting. Er ist **bekannt** auf der ganzen Welt. Einmal im Monat **treffe** ich **mich** mit den Freunden und wir gehen in **die Disco**", erzähle ich. „Und was machst du gern in deiner **Freizeit**?"

„Ich treibe viel Sport. **Früher** habe ich **Fußball** gespielt. Ich war in einem **Sportverein**. Später habe ich Probleme mit meinem **Fuß** bekommen und musste **aufhören**. Dann **habe** ich **angefangen**, **Rad** zu **fahren**. Ich mag auch **Wandern** und Schwimmen", antwortet Maria. Am Wochenende gehe ich oft ins Kino. Ich mag **Filme** mit Brad Pitt. Und wer ist dein Lieblingsschauspieler?"

„Oh, ich mag Tom Cruise. Aber Sport mag ich überhaupt nicht", lache ich. „Dafür **lerne** ich gern Fremdsprachen. Ich möchte Italienisch lernen. Vielleicht mache ich bald einen **Kurs**." „Wirklich? Wir fahren diesen Sommer nach Italien. Meine Mutter hat im **Reisebüro** eine **Reise** nach Rom gebucht. Wir **fliegen** am 20. August. Ich reise sehr gern. Ich möchte am liebsten eine Reise um **die Welt** machen", erzählt Maria. „**Wunderbar**, dann schicke mir einige **Fotos** aus Italien", antworte ich.

„Und welche Pläne hast du für heute Abend?", frage ich. „Der Tag war sehr anstrengend. Meine **Beine tun** mir **weh**. Ich brauche eine **Pause**. Ich möchte mich gern erholen. Wir können zum Beispiel **fernsehen** oder **Karten spielen**", sagt Maria. „Gute Idee. Ich habe auch Lust, heute Abend zu Hause zu bleiben. Ich möchte gern **baden** und **einfach nichts** tun", antworte ich. „Wir können uns heute und morgen erholen. Morgen ist ein **Feiertag**. Meine Eltern haben **frei**. Vielleicht machen wir etwas zusammen. Wir können spazieren gehen oder ans **Meer** fahren", sagt Maria.

Wir sind angekommen und steigen an der Haltestelle aus. Eine **fremde** Frau fragt mich nach dem Weg zur Apotheke. „Es tut mir leid. Ich **verstehe** Sie nicht. Ich spreche nicht so gut Deutsch", sage ich.

Maria erklärt der Frau den Weg.

Wir sehen schon Marias Haus. Die ganze Familie ist im Garten. Außer Marias Eltern sind dort noch drei **andere** Personen: zwei **Erwachsene** und ein **Jugendlicher**. Marias Eltern **haben** wohl ihre Freunde zu einer **Party eingeladen**. Sie **grillen** und unterhalten sich. „**Wer** ist das?“, frage ich Maria. „Hmm, ich kenne diese **Menschen** nicht. Komm, wir gehen in den Garten“, antwortet Maria. „Okay, ich will nur noch **kurz** mit meiner Mutter **telefonieren**! Ich will ihr zum Geburtstag **gratulieren**!“, rufe ich. „Okay, schöne **Grüße** an sie!“, sagt Maria.

A1/A2 Vokabeln	A1/A2 Vocabulary	LEARNED?
zurück	back	✓
wir sprechen *Infinitiv: sprechen*	we talk *infinitive: to talk*	
das Hobby *Plural: die Hobbys*	hobby	
ich tanze *Infinitiv: tanzen*	I dance *infinitive: to dance*	
ich spiele *Infinitiv: spielen* 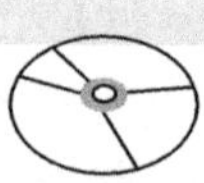	I play *infinitive:to play*	
die CD *Plural: die CDs*	CD	
das Lied *Plural: die Lieder*	song	
bekannt	well-known	

ich treffe mich *Infinitiv: sich treffen*	I am meeting *infinitive: to meet*
die Disco	club
die Freizeit	free time
früher	earlier
der Fußball	soccer
der Sportverein	sports club
der Fuß *Plural: die Füße*	foot
aufhören *(Infinitiv)*	to stop
ich habe angefangen *Infinitiv: anfangen*	I have started *infinitive: to start*
Rad fahren *(Infinitiv)*	to cycle
wandern *(Infinitiv)*	to hike
das Wandern	hike/hiking
der Film	movie
ich lerne *Infinitiv: lernen*	I learn *infinitive: to learn*
der Kurs	course
das Reisebüro	travel agent
die Reise	trip/journey
wir fliegen *Infinitiv: fliegen*	we fly *infinitive: to fly*
um die Welt	around the world
die Welt	world
wunderbar	wonderful
das Foto *Plural: die Fotos*	photo
das Bein *Plural: die Beine*	leg
meine Beine tun mir weh *Infinitiv: wehtun*	my legs hurt *infinitive: to hurt*
die Pause	break

fernsehen *(Infinitiv)*	to watch TV
die Karte *Plural: die Karten*	card
Karten spielen *(Infinitiv)*	to play cards
spielen *(Infinitiv)*	to play
baden *(Infinitiv)*	to bathe/to take a bath
einfach	simply
nichts	nothing
der Feiertag	holiday
frei	free (off from work)
das Meer	ocean
eine fremde Frau	a stranger *(female)*
ich verstehe *Infinitiv: verstehen*	I understand *infinitive: to understand*
andere Personen	other people
der Erwachsene	adults
der / die Jugendliche	teenagers/young people
die Party	party
sie haben eingeladen *Infinitiv: einladen*	they have invited *infinitive: to invite*
sie grillen *Infinitiv: grillen*	they barbecue *infinitive: to barbecue*
Wer ist das? *Infinitiv: sein*	Who is that? *Infinitive: to be*
der Mensch *Plural: die Menschen*	person
kurz	quickly
telefonieren *(Infinitiv)*	call on the phone *infinitive: to call*
zum Geburtstag gratulieren *(Infinitiv)*	to wish a happy birthday
gratulieren *(Infinitiv)*	to congratulate
der Gruß *Plural: die Grüße*	greeting
Schöne Grüße!	Best wishes!

abfliegen *(Infinitiv)*	to depart (on a plane)/to take off
der Abflug	departure (of a plane)/take off
der Pass	passport
wiederholen *(Infinitiv)*	to repeat
der Zoll	customs

Diese Vokabeln sind auch wichtig

This vocabulary is also important

Musik hören	to listen to music
am liebsten	rather/prefer to
einmal im Monat	once a month
Sport treiben	to do/play sports
am Wochenende	at the weekend
die Fremdsprache	foreign language
Wirklich?	really
diesen Sommer	this summer
der Tag *Plural: die Tage*	day
anstrengend	tiring
ich habe Lust	I want to/I'm in the mood for
sie fragt nach dem Weg *Infinitiv: fragen*	she asks for directions *infinitive: to ask*
zur Apotheke	to the drugstore
die Apotheke	drugstore
außer	except
die Person	person

CHAPTER 13

Die Party im Garten

What do Germans eat?

There are up to 1,500 types of sausage in Germany. Which are worth trying and where can you eat them?

- 'Nürnberger' in Nuremberg
- 'Blutwurst' in the Rhineland
- 'Weißwurst' in Munich
- 'Currywurst' in Berlin

Scan the QR code and listen to the story. You'll find a link to all the audio files at the beginning of the book.

„Anna, Maria, das ist Manuel, mein alter Bekannter aus Spanien. Ich war als kleines **Mädchen** mit Manuel in einer **Klasse**. Und das sind seine Frau Lucia und sein Sohn Antonio. **Der Chef** von Manuel hat ihn für vier Wochen nach Deutschland geschickt. Gestern habe ich einen **Anruf** von Manuel bekommen und wir wollen heute unser Treffen **feiern**", erklärt Marias Mutter.

„Hallo! Schön, euch kennenzulernen", antworten wir. „Hallo Anna, hallo Maria, freut mich auch. Ja, ich habe von meinem Chef eine wichtige **Aufgabe** bekommen. Ich muss mehr **ausländische** Kunden **gewinnen**. Wir **verkaufen** Möbel. Ich bin **zufrieden**, da ich jetzt **mehr verdienen** werde. Mein **Kollege** schickt mir morgen **ein Fax** mit allen Informationen", sagt Manuel. „Toll! Herzlichen **Glückwunsch**! Und viel Erfolg!", sagt Marias Vater.

„Und was sind Sie von Beruf?", fragt Maria seine Frau. „Ich bin **Beamtin**", antwortet sie. Lucia ist eine schöne Frau. Sie hat braune **Augen** und lange schwarze **Haare**. Sie trägt ein langes Kleid mit Blumen in vielen **Farben**.

„Wir wohnen in einem **Hotel** in einem kleinen **Ort** in der Nähe. Der erste Tag war schwierig. Unser Auto ist kaputtgegangen. Wir mussten es schnell **reparieren**. **Die Reparatur** war teuer. Dann hat Lucia fast ihren **Ausweis** verloren. Später gab es Probleme im Hotel. Wir haben ein **Doppelzimmer** und ein **Einzelzimmer** mit **Halbpension** reserviert und nur ein kleines Einzelzimmer bekommen", lacht Manuel. „Eine Mitarbeiterin in der **Rezeption** hat uns **falsch** verstanden. Sie **hat sich** sofort bei mir für den **Fehler entschuldigt**. Ich war aber gar nicht **böse**", erzählt er. „Nicht **schlecht**!", lacht Marias Mutter. „Ach ja, wir **haben** ein **Geschenk** für euch **mitgebracht** - Oliven und **Wein** aus Spanien", sagt Manuel.

„Antonio, und wie gefällt es dir in Deutschland?“, frage ich. „Sehr gut. Ich war noch **nie** hier. Ich könnte hier **leben**.“ Antonio ist **Schüler** und macht **seit** 6 Monaten ein **Praktikum** bei einem Transportunternehmen. Er möchte dort in Zukunft eine **Stelle** bekommen. „Wie ist die deutsche **Vorwahl**?“, fragt er. „Mein **bester** Freund möchte mich anrufen.“ - „0049“, sagt Maria.

„Und wo ist dein Bruder?“, frage ich Maria. „Oh, er ist **krank**. Sein **Kopf** tut ihm weh und er hat **Fieber**. Wir waren heute beim Arzt. **Der Doktor** sagte, dass Marco im Bett bleiben soll.“

„Oh, nein! **Was für eine** Überraschung! Es beginnt zu **regnen**! So **endet** unsere Party“, sagt Marias Vater. Zum Glück dauert **der Regen** nur kurz. Ich hoffe, dass es morgen wieder sonnig wird. Maria und ich haben viele Pläne.“

A1/A2 Vokabeln	A1/A2 Vocabulary	LEARNED?
das Mädchen	girl	✓
die Klasse	class (school)	
der Chef / die Chefin	boss	
der Anruf	call (telephone)	
feiern *(Infinitiv)*	to celebrate	
die Aufgabe	task	
ausländische Kunden gewinnen *Infinitiv: gewinnen*	to gain foreign clients *infinitive: to gain*	
wir verkaufen *Infinitiv: verkaufen*	we sell *infinitive: to sell*	
zufrieden	satisfied	
mehr	more	
verdienen *(Infinitiv)*	to earn	
der Kollege / die Kollegin *Plural: die Kollegen*	coworker *(male/female)*	
das Fax	fax	
Herzlichen Glückwunsch!	Congratulations!	
der Beamte / die Beamtin *Plural: die Beamten*	civil servant *(male/female)*	
das Auge *Plural: die Augen*	eye	
das Haar *Plural: die Haare*	hair	
die Farbe	color	
das Hotel	hotel	
der Ort	place (village)	
reparieren	to repair	
die Reparatur	repair work	
der Ausweis	ID	

das Doppelzimmer	double room
das Einzelzimmer	single room
die Halbpension	half-board (room including two meals per day)
die Rezeption	reception
falsch verstanden	misunderstood
der Fehler	mistake
sie hat sich entschuldigt *Infinitiv: sich entschuldigen*	she apologized *infinitive: to apologize*
böse	angry
schlecht	bad
das Geschenk	present
wir haben mitgebracht *Infinitiv: mitbringen*	we have brought *infinitive: to bring*
der Wein	wine
nie	never
leben (*Infinitiv*)	to live
der Schüler / die Schülerin	student *(male/female)*
seit	since
das Praktikum	internship
die Stelle	permanent position
die Vorwahl	dialing code
mein bester Freund **/ meine beste Freundin**	my best friend *(male/female)*
krank	sick
der Kopf	head
das Fieber	fever
der Doktor / die Doktorin	doctor
Was für eine Überraschung!	What a surprise!
es regnet *Infinitiv: regnen*	it is raining *infinitive: to rain*

die Party endet *Infinitiv: enden*	the party is ending *infinitive: to end/to finish*
der Regen	rain
die Polizei	police
der Unterricht	lesson
der Wind	wind

Diese Vokabeln sind auch wichtig

This vocabulary is also important

für vier Wochen	for four weeks
ich werde betreuen *Infinitiv: betreuen*	I will look after *infinitive: to look after*
Viel Erfolg!	Good luck!
braun	brown
schwierig	difficult
das Transportunternehmen	transportation company
in (der) Zukunft	in the future
die Zukunft	future
wieder	again
sonnig	sunny

Imprint

1. 2022 Edition

Publisher: Fabian Simon, Partnachstraße 44, 82467 Garmisch-Partenkirchen, Germany

Author: Anna Zwolińska-Simon, Malwina Miszewska

Editorial office: Anna Zwolińska-Simon

Audio recordings: Petra Steinbach

Editing and proofreading: Agnieszka Świerkot

Cover design: Birgit Pütz

Book typesetting: Pauline Karlson

ISBN: 978-3-910367-06-7

Responsible for printing: Amazon Distribution GmbH

Printed in Great Britain
by Amazon

13969812R00054